經典
少年遊

014

紅樓夢

大觀園的青春年華

The Story of the Stone
The Flourish and Decline of the Aristocracy

繪本

故事◎唐香燕
繪圖◎麥震東

秋涼時節，北京城外一戶農家的老岳母劉姥姥，帶著瓜果蔬菜，領著外孫板兒，來到城裡的榮國府賈家，探望遠親——賈家的孫媳婦王熙鳳。榮國府的老奶奶賈母聽孫媳婦鳳姐說來了親戚，請劉姥姥進她屋裡說說話。

3

賈母要劉姥姥住下，逛逛府裡的大觀園。劉姥姥說了好些鄉下的奇聞軼事：「我們那裡去年冬天下大雪，我聽見屋外頭柴草響，一瞧啊，抽柴火的竟是個十七八歲的標緻小姑娘，可不奇怪？」

賈母的寶貝孫兒寶玉一向疼惜女孩，直拉著劉姥姥問。劉姥姥只好順口編說姑娘是一位早死的茗玉小姐。她爹娘想念她，為她蓋了祠堂。日子久了，她卻成了精，時常出來閒逛。寶玉聽了，嘆息不已。

7

隔天，賈母在大觀園設宴，劉姥姥一早便看著眾人簇擁著賈母進園。賈母在丫鬟捧來的菊花盤裡，揀了一朵大紅的簪在頭髮上。鳳姐淘氣，把剩下的一盤子菊花給劉姥姥橫七豎八胡亂插了一頭，惹得大家好笑。

8

賈母領著大夥遊覽，一路走到賈家姑表小姐林黛玉住的瀟湘館去。進門後，劉姥姥看見竹林裡有一條石子小路，急忙讓路給賈母和其他人走，自己卻走旁邊滿布青苔的泥土地，一不小心，咕咚摔了一大跤！

進ㄐㄧㄣˋ了ㄌㄜ黛ㄉㄞˋ玉ㄩˋ屋ㄨ裡ㄌㄧˇ，劉ㄌㄧㄡˊ姥ㄌㄠ姥ㄌㄠ看ㄎㄢˋ黛ㄉㄞˋ玉ㄩˋ竟ㄐㄧㄥˋ比ㄅㄧˇ畫ㄏㄨㄚˋ裡ㄌㄧˇ美ㄇㄟˇ人ㄖㄣˊ還ㄏㄞˊ要ㄧㄠˋ美ㄇㄟˇ，再ㄗㄞˋ看ㄎㄢˋ窗ㄔㄨㄤ邊ㄅㄧㄢ書ㄕㄨ桌ㄓㄨㄛ上ㄕㄤˋ設ㄕㄜˋ著ㄓㄜ˙筆ㄅㄧˇ墨ㄇㄛˋ硯ㄧㄢˋ臺ㄊㄞˊ，書ㄕㄨ架ㄐㄧㄚˋ上ㄕㄤˋ疊ㄉㄧㄝˊ著ㄓㄜ˙滿ㄇㄢˇ滿ㄇㄢˇ的ㄉㄜ˙書ㄕㄨ，不ㄅㄨˋ由ㄧㄡˊ讚ㄗㄢˋ嘆ㄊㄢˋ道ㄉㄠˋ：「這ㄓㄜˋ哪ㄋㄚˇ像ㄒㄧㄤˋ個ㄍㄜ˙小ㄒㄧㄠˇ姐ㄐㄧㄝˇ的ㄉㄜ˙繡ㄒㄧㄡˋ房ㄈㄤˊ，竟ㄐㄧㄥˋ比ㄅㄧˇ那ㄋㄚˋ上ㄕㄤˋ等ㄉㄥˇ的ㄉㄜ˙書ㄕㄨ房ㄈㄤˊ還ㄏㄞˊ好ㄏㄠˇ。」

14

早飯開在賈母孫女兒探春住的秋爽齋，大家出了瀟湘館，乘木舫過去。飯前，鳳姐和丫鬟鴛鴦悄悄跟劉姥姥說好要逗賈母開心，特別拿了副沉甸甸的象牙鑲金筷子，又端一碗鴿子蛋給她。

15

劉姥姥站起身來，瞪眼直著脖子高聲說道：「老劉老劉，食量大如牛，吃個老母豬不抬頭！」又說：「這裡的雞也秀氣，下的蛋也小巧。」一邊伸筷子追著滿碗滑溜的蛋。好不容易戳起，偏又滾落，逗得大家大笑。

賈母笑罵鳳姐搗蛋，　要她趕緊跟劉
姥姥賠罪，　換一副輕便的烏木鑲銀
筷子。飯後，　大家到探春臥室坐坐。
劉姥姥看這臥室格局開闊，　正中間
是張大書桌，　西牆放著長桌，　東邊
設著床榻。　再定睛細看──

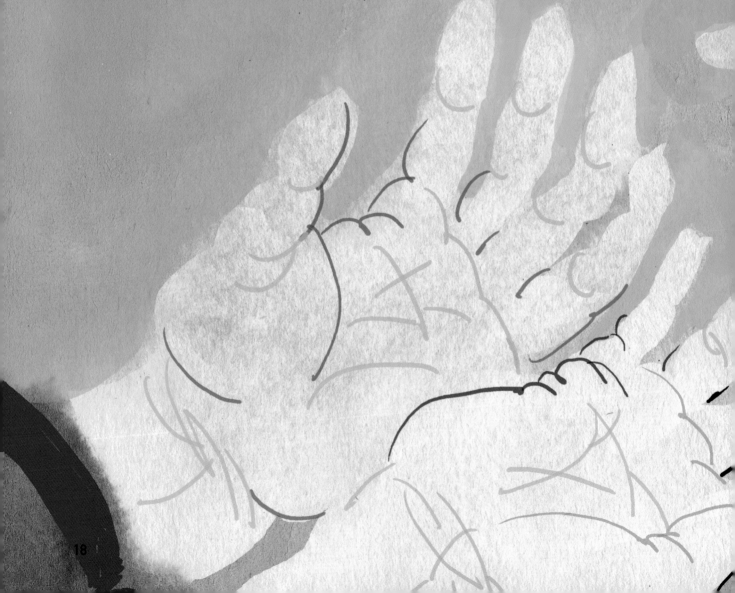

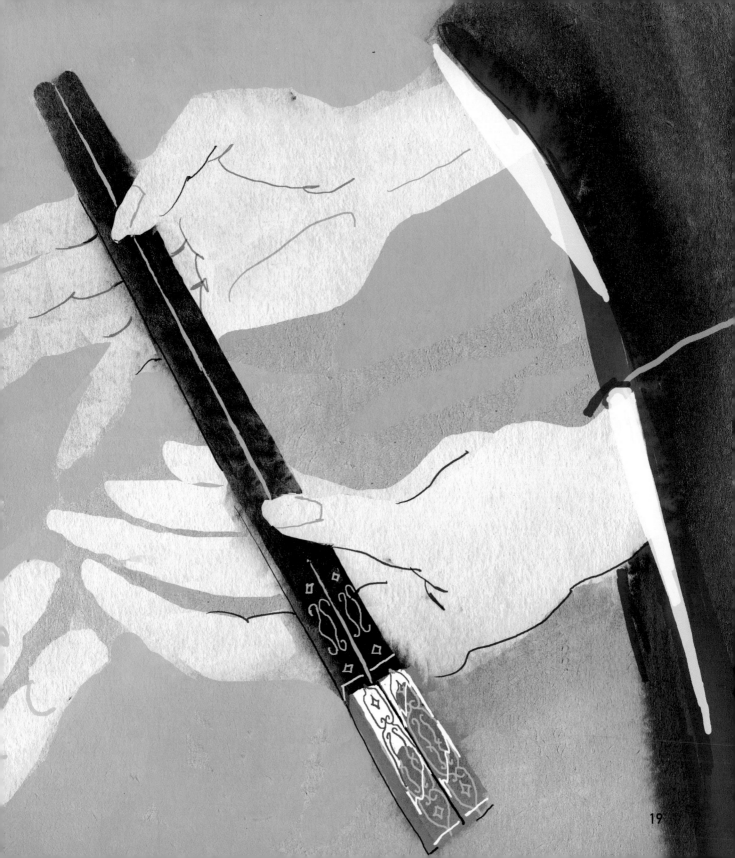

書桌上放著書法帖子、精緻的硯臺和筆筒，毛筆多得如樹林一般。牆上的字畫，長桌上的大鼎，床榻上的蔥綠紗帳，紗帳上繡的花卉草蟲……樣樣有趣。板兒跑來跑去又看又摸，劉姥姥急忙打了他一巴掌喝止。

出了秋爽齋，大家來
到賈家姨表小姐薛寶
釵住的蘅蕪苑。寶釵
的屋子雪白素淨，桌
上只有兩部書、幾樣
茶具和一個菊花瓶，床
上只掛著素色的青紗
幔帳。

賈母看了了，叫鴛鴦明天取盆景、紗屏來布置。老太太笑說這麼一收拾，包管大方又雅緻。又說：「人只怕俗氣，一俗氣，好東西也不會擺。園裡的這些姐妹都不俗氣，也該學著收拾才好。」

離ㄌㄧˊ開ㄎㄞ蘅ㄏㄥˊ蕪ㄨˊ苑ㄩㄢˋ，大ㄉㄚˋ家ㄐㄧㄚ來ㄌㄞˊ到ㄉㄠˋ綴ㄓㄨㄟ˙錦ㄐㄧㄣˇ閣ㄍㄜˊ，鳳ㄈㄥˋ姐ㄐㄧㄝˇ早ㄗㄠˇ已ㄧˇ擺ㄅㄞˇ設ㄕㄜˋ好ㄏㄠˇ午ㄨˇ飯ㄈㄢˋ席ㄒㄧˊ位ㄨㄟˋ。大ㄉㄚˋ家ㄐㄧㄚ一ㄧ面ㄇㄧㄢˋ隨ㄙㄨㄟˊ興ㄒㄧㄥˋ吃ㄔ喝ㄏㄜ，一ㄧ面ㄇㄧㄢˋ聆ㄌㄧㄥˊ聽ㄊㄧㄥ自ㄗˋ家ㄐㄧㄚ戲ㄒㄧˋ班ㄅㄢ子ㄗ˙在ㄗㄞˋ附ㄈㄨˋ近ㄐㄧㄣˋ水ㄕㄨㄟˇ亭ㄊㄧㄥˊ子ㄗ˙演ㄧㄢˇ奏ㄗㄡˋ彈ㄊㄢˊ唱ㄔㄤˋ的ㄉㄜ˙戲ㄒㄧˋ曲ㄑㄩˇ。賈ㄐㄧㄚˇ母ㄇㄨˇ提ㄊㄧˊ議ㄧˋ要ㄧㄠˋ行ㄒㄧㄥˊ酒ㄐㄧㄡˇ令ㄌㄧㄥˋ，大ㄉㄚˋ家ㄐㄧㄚ便ㄅㄧㄢˋ推ㄊㄨㄟ舉ㄐㄩˇ鴛ㄩㄢ鴦ㄧㄤ出ㄔㄨ來ㄌㄞˊ主ㄓㄨˇ持ㄔˊ。

27

鴛鴦要大家輪流依骨牌花色來說酒令。
只要押韻，詩詞歌賦、成語俗話都行。
大家行著酒令，等著看劉姥姥笑話。劉
姥姥想了想，先說：「是個莊家人罷」，
接連說了「大火燒了毛毛蟲」，「一個
蘿蔔一頭蒜」「花兒落了結個大倭瓜」。

28

29

哄堂大笑中，賈母卻點頭稱讚道：「說得好，就是這樣說才好。」鳳姐和鴛鴦繼續鬧著劉姥姥，只見劉姥姥雙手捧著木製酒杯，大口大口的喝酒，一旁賈母關心著：「可別嗆著了。」

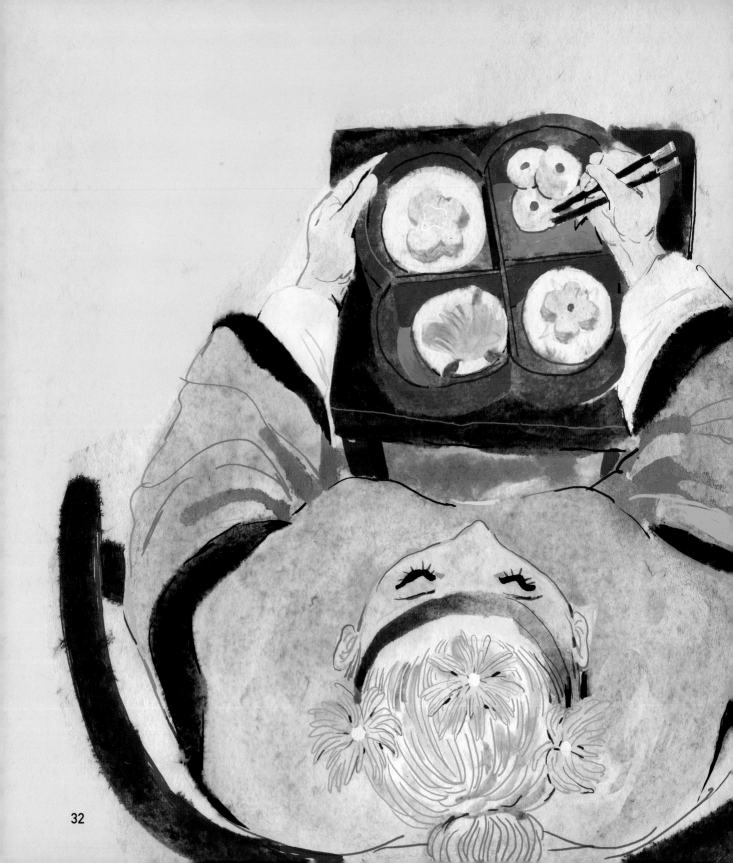

一一會ㄏ兒ㄦ丫ㄧㄚ鬟ㄏ又ㄧㄡ送ㄙㄨㄥ上ㄕㄤ鵝ㄜ油ㄧㄡ捲ㄐㄩㄢ、 奶ㄋㄞ油ㄧㄡ炸ㄓㄚ麵ㄇㄧㄢ果ㄍㄨ等ㄉㄥ點ㄉㄧㄢ心ㄒㄧㄣ。 劉ㄌㄧㄡ姥ㄌㄠ姥ㄌㄠ和ㄏㄜ板ㄅㄢ兒ㄦ沒ㄇㄟ吃ㄔ過ㄍㄨ這ㄓㄜ樣ㄧㄤ細ㄒㄧ巧ㄑㄧㄠ的ㄉㄜ點ㄉㄧㄢ心ㄒㄧㄣ， 每ㄇㄟ樣ㄧㄤ都ㄉㄡ吃ㄔ了ㄌㄜ半ㄅㄢ盤ㄆㄢ。 此ㄘ時ㄕ只ㄓ聽ㄊㄧㄥ劉ㄌㄧㄡ姥ㄌㄠ姥ㄌㄠ肚ㄉㄨ子ㄗ一一陣ㄓㄣ咕ㄍㄨ嚕ㄌㄨ亂ㄌㄨㄢ響ㄒㄧㄤ， 原ㄩㄢ來ㄌㄞ她ㄊㄚ吃ㄔ得ㄉㄜ太ㄊㄞ油ㄧㄡ膩ㄋㄧ， 肚ㄉㄨ子ㄗ就ㄐㄧㄡ造ㄗㄠ反ㄈㄢ了ㄌㄜ， 急ㄐㄧ著ㄓㄜ要ㄧㄠ找ㄓㄠ地ㄉㄧ方ㄈㄤ解ㄐㄧㄝ放ㄈㄤ。

33

劉ㄌㄡ姥ㄌㄠ姥ㄌㄠ瀉ㄒㄧㄝ完ㄨㄢ肚ㄉㄨ子ㄗ，走ㄗㄡ出ㄔㄨ廁ㄘㄜ
所ㄙㄨㄛ，竟ㄐㄧㄥ然ㄖㄢ迷ㄇㄧ路ㄌㄨ了ㄌㄜ。她ㄊㄚ七ㄑㄧ彎ㄨㄢ八ㄅㄚ
繞ㄖㄠ的ㄉㄜ走ㄗㄡ進ㄐㄧㄣ一ㄧ間ㄐㄧㄢ精ㄐㄧㄥ雅ㄧㄚ的ㄉㄜ屋ㄨ子ㄗ，

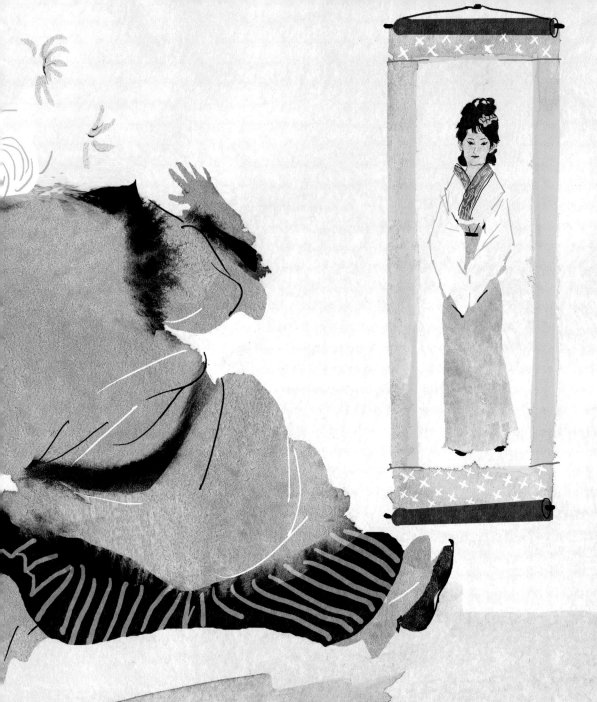

迎面看見一個女孩。她高興極了，趕緊上前，卻一頭撞在牆上，原來那是一幅畫！她轉身又看見一位老太婆。咦，原來那是她自己呢！

劉姥姥顛顛倒倒繞過大鏡子，看見屋內的華美床帳，便搖搖擺擺走過去，一屁股坐上床，朦朦朧朧的睡倒了。這時外頭板兒哭著要姥姥，大家連忙分頭去找。寶玉的丫鬟襲人沿路找回寶玉住的怡紅院。

襲人進屋後，先聽見鼾聲如雷，又聞見酒屁臭氣，再就看見劉姥姥扎手舞腳的睡死在寶玉床上！襲人大吃一驚，慌忙推醒劉姥姥，讓她喝茶醒酒，又燃了香，收拾好屋子床榻，才悄悄帶她出去。

幸好這一場混亂沒別人知道，襲人只對大家謊說劉姥姥方才在草地上睡著了。第二天，從賈母到鳳姐、鴛鴦等人，都送了劉姥姥好些吃穿用的和銀子元寶。劉姥姥千恩萬謝的，領著板兒歡歡喜喜回鄉下去了。

紅樓夢

大觀園的青春年華

讀本

原典解説◎唐香燕

曹雪芹幼年富貴，餘生窮苦。曾走入他哀樂人生的人物，與他創作《紅樓夢》息息相關。

TOP PHOTO

曹雪芹

相關的人物

曹寅

曹霑（約 1715～1763 年），號雪芹，清朝文學家。曹家三代皆任高官，曹雪芹幼年生活在富貴之中；後來曹家因為政治鬥爭被抄，導致他餘生窮苦，花十年創作出中國古典文學史上最偉大的小說《紅樓夢》。上圖為曹雪芹塑像，於江蘇南京曹雪芹紀念館。

曹寅，號棟亭，清朝文學家，曹雪芹的祖父。曹寅從小是康熙帝的伴讀，兩人感情極好，因此後來當上江寧織造，權貴一時。他也是著名詩人，曾經奉敕修纂《全唐詩》。祖父曹寅的才學對曹雪芹影響很大。

高鶚，號蘭墅，因酷愛小說《紅樓夢》，又有別號「紅樓外史」，清朝文學家。他年輕時熱衷科考，但是屢試不中，直到中年才考取，之後仕途一路順遂。他與程偉元一起發行了一百二十回的《紅樓夢》，據說後四十回是出自於他的手筆。

高鶚

脂硯齋

脂硯齋是《紅樓夢》抄本中最有名的批語作者。據研究，他應與曹雪芹關係密切，因為他時常在批語中解釋情節，甚至提及後面佚失的幾回發展，對後人研究《紅樓夢》有巨大的幫助。脂硯齋究竟是何人？有人說是曹雪芹的堂兄弟，也有一說是史湘雲的原型人物。

張宜泉

張宜泉是曹雪芹的好朋友，一生坎坷，年紀輕輕父母便去世，為兄嫂所不容，科舉又落第，只能在北京西山的村塾裡教書維持生計。他著有《春柳堂詩稿》一書，裡面有許多跟曹雪芹相關的詩作，對後世研究曹雪芹頗有助益。

莎士比亞

據說十九世紀有位名叫威廉·溫斯頓（William Winston）的英國人，他的祖父曾到曹頫（曹雪芹之父）家中作客，席間不但宣教《聖經》，還生動的演說莎士比亞戲劇，有位「曹君之驕子」因在一旁偷聽而受責罰。有人說這「驕子」很可能就是曹雪芹。這則傳聞在紅學史上曾喧騰一時，不過最後因無法證實而不了了之。

納蘭性德

納蘭性德原名成德，號楞伽山人，清朝詞人。他的父親是大學士納蘭明珠，自己也受康熙帝喜愛，是當代著名的貴公子。他天才超逸，寫的詞情真意切，與朱彝尊、陳維崧並稱「清詞三大家」。乾隆皇帝認為《紅樓夢》裡的賈寶玉就是在影射納蘭性德。右圖為清朝納蘭性德畫像。

TOP PHOTO

曹雪芹半生富貴，之後榮極而衰，困頓以終。這樣的人生經歷，讓他將《紅樓夢》中賈家的興衰描寫得淋漓盡致。

約 1715 年

曹雪芹約在此年出生。他的家族跟清朝皇室淵源很深，高祖受多爾袞賞識，曾祖母是康熙帝的奶媽，曾祖、祖父、父親又當上了江寧織造。曹雪芹就是出生於江寧（南京），在他十幾歲之前，看的是秦淮風月的景緻，過的是富貴奢華的生活。

1728 年

雍正帝即位後，曹家被政治鬥爭牽連，逐漸失寵，最後被抄家，家產奴僕全部被賞給新任江寧織造。朝廷將北京的一些房產家僕留給曹家度日，於是曹雪芹舉家遷回北京生活，從此家道中落。

1735 年

雍正帝去世後，乾隆帝即位，他赦免了曹家的罪款，恢復了曹家一些人的官位。關於曹雪芹的生平資料不多，僅知在這之後他可能在北京西單附近的右翼宗學教書，從而認識了敦敏、敦誠兄弟，成為好友。

少年奢華

抄家衰微

相關的時間

赦罪得免

遷居西山

約 1750 年

此時的曹雪芹生活困難，時常搬家、投靠親友。後來他遷徙到北京西郊的香山一帶，在那裡的小村莊專心寫作《紅樓夢》。也是在此認識了好友張宜泉，兩人身世皆淒涼，個性又相投，時常一同聚會、吟詠。左圖為後人所繪曹雪芹草堂生活的情景，北京香山黃葉村曹雪芹紀念館藏。

TOP PHOTO

廢藝集稿

約 1757 年

曹雪芹一位朋友因為腳有殘疾難以謀生，曹雪芹便教他紮風箏，讓他有一技之長，後來風箏竟賣到不少錢。曹雪芹為了幫助更多人，便寫了記載各種工藝知識的《廢藝齋集稿》，其中關於風箏的《南鷂北鳶考工志》流傳了下來。上圖為清朝所繪風箏小販圖。

遷白家疃

1758 年

曹雪芹晚年遷居到北京西郊的白家疃，蓋了幾間茅屋定居下來，直到去世都居於此地。這段日子他與朋友們聚會唱和，還時常免費為村民看病，雖然有官員邀他去朝廷做事，他卻拒絕了，寧可過著窮困而充實的生活。

淚盡而終

約 1763 年

曹雪芹的兒子在他晚年時夭折，曹雪芹痛心成疾，數個月後也去世，留下續娶沒多久的妻子。他的朋友們為他寫詩悼念，留下關於他的少數史料。據說曹雪芹生前已寫完《紅樓夢》，但八十回後的幾十回，被借去看的人佚失了。

《紅樓夢》搬演賈家由榮轉衰的家族史，對富貴之家日常生活百科全書式的描寫，是紅學家取之不盡的研究題材。

《紅樓夢》又名《石頭記》，以白話章回體寫成。描寫賈府一家的榮衰，以賈寶玉、林黛玉、薛寶釵的三角戀情為主軸。曹雪芹所作共八十回，但尚未刊印發行就去世了。後來高鶚為《紅樓夢》續作後四十回，小說才有了結局。

《紅樓夢》的內容龐雜，可說是一部百科全書式的鉅作，書中呈現了許多有待考證的事物；加上原著並未完成，故事發展與結局的真相為何，也是學者熱烈討論的話題。關於這本書的討論於是演變成一門專門學問，稱為「紅學」。

紅樓夢

紅學

相關的事物

府第

TOP PHOTO

府地是古代貴族的宅邸。《紅樓夢》中清朝的王公府第，建築布局分左、中、右三路，裡頭有許多的門、廳、堂、房、院，通常還有宗祠與後花園。府第靠近外面的廳堂是作為接賓宴客之用，靠近裡面的房院則是主人與家眷生活起居的地方。上圖為清朝孫溫繪「石頭記大觀園全景」，《全本紅樓夢》圖冊第一冊之一。

《紅樓夢》中記載了當時女子用的各種妝飾，如胭脂，是用紅藍花製成的紅色顏料，為古代女子最常用的化妝品；還有華麗的首飾，如釵（別於髮上的飾品）、珠髻（裝飾好的假髮，可戴在真髻上）、瓔珞（珠玉項鍊）等。王熙鳳首次出場時，頭上戴著的是「金絲八寶攢珠髻」、「朝陽五鳳掛珠釵」，脖子上戴著的是「赤金盤螭瓔珞圈」。

妝飾

嫡庶

古代封建社會，稱正妻為「嫡」，正妻的兒子叫「嫡子」；妾則為「庶」，所生的子女為「庶出」。古人認為嫡比較尊貴，庶比較卑賤，嫡庶待遇相差甚大。《紅樓夢》中的探春就是庶出，她雖然才識不凡，出身低的地位卻使她有志難伸。

五禮

女媧補天

TOP PHOTO

女媧補天是中國古代的創世神話，遠古先民用來解釋世界如何形成、人類從何而來。歷代經過許多作者與傳說者採用、改編，於是賦予神話創造性的意義。《紅樓夢》就採用了「女媧補天」的神話，指出賈寶玉是由女媧煉石補天時用剩下的石頭，修煉轉世而成。

中國古代有吉、凶、軍、賓、嘉五種禮。吉是祭祀之禮，凶是喪葬之禮，軍是兵事之禮，賓是待客之禮，嘉是喜慶之禮（包括婚、冠、飲宴等），這五種禮形成中國古禮的基本。《紅樓夢》中有許多關於禮俗活動的描寫。上圖為清朝孫溫所繪〈寧國府除夕祭宗祠〉，《全本紅樓夢》圖冊第十二冊之三。

曹雪芹一生輾轉流離，遷居多次，在各地留下不少足跡，可供喜愛《紅樓夢》的後世讀者憑弔。

金陵為古代邑名，位於現在的南京市，為南京的別稱。金陵是六朝古都，山明水秀，城市生活繁華，聚集了許多文人雅士。曹家三代任江寧織造，江寧也是南京別稱。這裡是曹雪芹出生的地方，也是《紅樓夢》一書的背景地點。

曹雪芹曾在北京西單牌樓以北的右翼宗學做事，右翼宗學位於石虎胡同，現名小石虎胡同。故曹雪芹好友敦誠有詩云：「當時虎門數晨夕」，即描述曹雪芹在這裡生活的情景。宗學是為了教育八旗子弟而設的學校。

金陵

石虎胡同

相關的地方

香山

曹雪芹故居

TOP PHOTO

香山位於北京西北部，是西山的餘脈，元明清時期皇室喜愛的度假勝地。香山風景以紅葉最為知名，又有皇家園林、寺廟古蹟，在現代也是北京極受歡迎的景點。曹雪芹曾移居到這附近。上圖為如詩如畫的香山秋景。

史料上記載曹雪芹的故居位於北京崇文門蒜市口，是現代的北京市崇文區磁器口。曹家被抄家後，朝廷將這裡的十七間半房、家僕三對給他們維生。現在原房屋已經不存在了，僅剩遺址。

大觀園

TOP PHOTO

《紅樓夢》中賈寶玉與姐妹們住的園林，在書中不但是主要角色活動的場所，也為讀者呈現出中國古代的造園藝術。據說正史中袁枚的隨園就是大觀園的原型，現在的北京、上海也各有按照書中描述實際建起的大觀園。上圖為北京大觀園中賈寶玉所居的怡紅院。

白家疃

位於現在的北京市海淀區，依山傍水，風景優美。村中原有賢王祠，是為了紀念雍正帝的弟弟怡親王胤祥，由他的別墅改建而成的，現為白家疃小學。賢王祠附近有一座石橋的遺跡，據說曹雪芹晚年就是住在石橋附近。

廣泉寺

位於北京香山的廣泉寺，是曹雪芹與摯友張宜泉曾一同遊賞、和詩的地方。廣泉寺在他們那時就已經陳舊頹廢了，如今更只剩下古井一口。據說此井之水甘洌可口，曹雪芹最喜歡拿來泡茶。

紅樓夢

　　清朝乾隆年間，有位家門敗落的貴公子曹雪芹，在北京城外的偏遠山村，思索自己家族從康熙、雍正到乾隆三朝由盛而衰的命運，從帝王家的心腹親信到抄家敗落的數十年光陰，也回想自己一生由錦衣玉食而至窮愁潦倒的遭遇，以及早年見過的富家大族之人、事、物種種，當時那些他親自見過或聽過的獨特女子，更是一一浮現心頭，不能忘記。他覺得「當日所有之女子」在言行舉止和見識各方面，都遠遠超過他，他不希望她們的音容笑貌和悲歡離合的故事，隨著時間而消失泯滅。

　　於是曹雪芹根據家族和個人的真實經驗，提筆創造出一部中國最偉大的小說──講述大家族興衰和人物起伏的《紅樓夢》。這部長篇小說的文字鮮活綿密，結構龐大精緻，出場人物有五百多個，他們相互穿梭、影響，織出無比豐富的情節，其中有極為深沉的意涵，更有最為深刻的詩情。

看破的，遁入空門；癡迷的，枉送了性命。
好一似食盡鳥投林，落了片白茫茫大地真乾
淨！—《紅樓夢·第五回》

　　主角人物是啣著一塊寶玉出生的賈寶玉，和林黛玉、薛
寶釵等女子的美麗形象，深入讀者內心，讓人隨他們的言行
遭遇而感傷落淚或莞爾微笑。曹雪芹自己說他的寫作「字字
看來皆是血，十年辛苦不尋常」。

　　然而，可惜我們今天看見的共分一百二十回的《紅
樓夢》，其實只有前面八十回是曹雪芹親筆撰寫的，曹
雪芹雖然對全書有整體的構想和草稿，但來不及完成就
因貧病而去世。《紅樓夢》的後面四十回是他去世大概
三十年後，由清代文人高鶚根據或揣測他的構想，補寫
而成。所以有人說「紅樓夢未完」是人世間一樁最大的遺憾。

　　無論如何，只要踏入《紅樓夢》這部大書一步，每位讀
者依各自的才性、眼光，都能由不同的立足點領略到紅樓風
光之美。一部紅樓，洋洋大觀，看不盡，說不盡！

轉過山坡，穿花度柳，撫石依泉，過了荼蘼架，入木香棚，越牡丹亭，度芍藥圃，入薔薇院，來到芭蕉塢裏，盤旋曲折。忽聞水聲潺潺，出於石洞。上則蘿薜倒垂，下則落花浮蕩。——《紅樓夢·第十七回》

　　風光了幾十年的賈家，給唱進了市井民謠裡：「賈不假，白玉為堂金作馬。」如此富貴的賈家，原就有寧國府、榮國府兩座相鄰的堂皇宅邸，也有好花園。但在《紅樓夢》的故事畫卷展開不久時，因為他們家嫁入皇宮做妃子的大孫女賈元春要回娘家省親看望家人了，所以又特別在宅院旁邊，新造一片占地三里半的別墅花園來迎接皇妃娘娘。這座有山有水，又設置了亭臺樓閣、各處院落的別墅花園，就是大觀園。

　　元春娘娘在元宵夜返家省親入大觀園，她看見的是燈火輝映，如同「玻璃世界，珠寶乾坤」一般的園林夜景，天還沒亮，她就忍淚強笑，起駕回宮去了。單只為了這一夜，新起一座美麗的大花園，

賈元春也覺得太過浪費可惜，便下旨要寶玉和黛玉、寶釵等姑娘姐妹進園居住，讓年輕人在園裡暢快寫意過日，也讓園中的草木樓閣沾染青春氣息，不致荒廢。

於是，寶玉住進怡紅院，黛玉住進瀟湘館，寶釵則住蘅蕪苑，還有迎春住綴錦樓，探春住秋爽齋，惜春住蓼風軒，李紈住稻香村……，他們在園裡起居往來，作詩聯句，賞花望月，談情鬥氣，生出了好多悲歡故事。

大觀園是青春年華的演出舞臺，也是一個純淨理想的國度。曹雪芹用心描繪全園布局，他筆下每一所居處的植栽布置、室內設計，都烘托、暗示居住主人的品味、性格，甚至命運。

然而，美好的大觀園無法永久庇護青春的生命，短短幾年間，住在園裡的小姐難逃生離死別的命運，丫鬟也各有生死變化。宮裡的元春娘娘不幸過世後，失勢的賈家遭受抄家的巨大打擊，一蹶不振，大觀園也遭抄檢關閉，當日綺麗的風光竟然如夢一般消逝無蹤。

劉姥姥

　　劉姥姥這位鄉下姥姥，是曹雪芹精心設計的最佳女配角。賈家這樣的大戶人家，每天出入的外人當然不少，但能進入府邸內院，參見「老祖宗」賈母，親眼見到所有的太太小姐和公子，還能住下，又能跟著賈母這位超級導覽，遊賞大觀園，那真是只有劉姥姥了。

　　也因此，「劉姥姥進大觀園」這濃縮了特殊經驗的一句話深入人心，有很多歇後語，什麼眼花撩亂，洋相百出，滿載而歸，全對！

　　繪本故事裡描述的段落，出自《紅樓夢》的第三十九回到第四十二回。其實在《紅樓夢》故事開始不久的第六回，就有「劉姥姥一進榮國府」的情節了，那裡面有劉姥姥教訓女婿說都城裡「遍地都是錢，只可惜沒人會去拿去罷了」的長篇大論，和她大著膽子藉端進入豪門賈家，想要得點好處的精采過程。

　　在《紅樓夢》全書的後段，還有劉姥姥於賈家敗落，賈母去世

那劉姥姥雖是個村野人，卻生來的有些見識，況且年紀老了，世情上經歷過的，見頭一件賈母高興，第二件這些哥兒姐兒都愛聽，便沒話也編出些話來講。

──《紅樓夢‧第三十九回》

後，又進榮國府，出手救助鳳姐女兒的俠義故事。斷續看完所有劉姥姥出場的章節，我們才能多方面認識劉姥姥這位農村女性。她能在窮困環境中想辦法突圍，進入富貴人家的大門以後，穩得住自己，應對進退越來越從容。老太太想聽講古，她就講古；憨公子愛聽傳奇，她就打開話匣，編得頭頭是道；姑娘、太太抓她來演滑稽戲，逗老太太開心，她也全力配合，表演得有聲有色。不論說什麼，做什麼，她都以她的本色來對付。劉姥姥其實是相當聰明的。

我們跟著搶眼的劉姥姥遊大觀園，一邊看劉姥姥，一邊又依從她的眼光來看大觀園的美景，看住在大觀園裡的小姐、公子，看品味超絕，懂吃懂穿懂住懂生活的賈母，真是眼睛、耳朵都快忙不過來了！

劉姥姥道：「我們莊家閒了，也常會幾個人弄這個兒，可不像這麼好聽就是了。少不得我也試試。」眾人都笑道：「容易說的。你只管說，不相干。」

—《紅樓夢‧第四十回》

同女兒、女婿和外孫在鄉下農村過著辛苦窮日子的劉姥姥，踏入榮華富貴看不盡的賈家後，滿眼滿耳都是新鮮，那些吃穿用度，那款生活方式，簡直是另外一個神仙世界。她跟隨賈府的老祖宗賈母遊覽大觀園，聽賈母解說屋子該怎麼布置，布料要怎麼運用，不禁咋舌不已，頻頻叫佛。

不過劉姥姥雖然吃驚，行為表現並不慌亂，雖然處處惹人發笑，但言行舉止自有法度，不讓人覺得可憐。例如大家行酒令時，她還能本著農村本色，上陣臨場發揮而不膽怯，惹得大夥哄堂大笑。

這回鴛鴦主持的酒令是骨牌令，她派給每個人三張牌，得令的人要依三張牌的花色說個相配的句子才行。劉姥姥的第一張牌叫「四四」，上下各四個紅點，這張牌也叫「人牌」，所以劉姥姥就說「是個莊家人罷」。劉姥姥的第二張牌叫「三四」，上面三個斜排的綠點，下面四個紅點，她就想出「大火燒了毛毛蟲」這樣的景象。劉姥姥的第三張牌叫「么四」，上一下四共五個紅點，劉姥姥說「一個蘿蔔一頭蒜」，一個蘿蔔指上面那個紅點，一頭蒜指下面四個紅點，因為一頭蒜有好多瓣。這樣的聯想很巧妙吧？最後鴛鴦說「湊成便是一枝花」，一枝花是四四、三四、么四這副牌的名稱，緊接著劉姥姥就要說出和花字押韻的一句話來收尾。她說了「花兒落了結個大倭瓜」，瓜、花押韻，過關！這收尾的句子出自對生活的觀察，真實自然，豐美喜氣，很是耐人尋味。

　　不識字的劉姥姥，是不是很聰明？

賈寶玉

　　剛進入榮國府投奔外祖母賈母的林黛玉看見寶玉以後，除了覺得寶玉長得好看，面目含情，還有，這個人好像在哪裡見過似的。

　　緊接著，寶玉走近來看黛玉，他一看便説：「這個妹妹我曾見過的。」那寶玉，是賈母的心肝寶貝孫子，從小被呵護著長大，從沒出過遠門。而黛玉是賈母的外孫女，原先住在江南，因為母親去世，才遵從父親的意思，來到賈家。所以，黛玉怎麼可能在哪裡見過寶玉？寶玉又怎麼可能見過黛玉？

　　明明是第一次見，雙方卻都覺得以前見過。原來，這兩個人在前世有一段神話因緣。黛玉原本是西方靈河岸上三生石畔的一株絳珠仙草，寶玉則是赤瑕仙宮裡的神瑛侍者。他憐惜仙草柔弱，每天以甘露灌溉仙草，絳珠仙草漸漸脫除了草形，修成仙女形體。又因為神瑛侍者動了凡心要下凡為人，覺得自己欠了他的絳珠仙子便也跟著下凡，要把一生所有的眼淚都給他，報答那甘露澆灌之恩。

　　絳珠仙子投胎出生為林黛玉，見到神瑛侍者投胎的寶玉後，果真動不動便心酸不已，淚如泉湧。而寶玉、黛玉和薛寶釵之間的三

黛玉一見便吃一大驚，心下想道：「好生奇怪！
倒像在那裏見過的？何等眼熟！⋯⋯」

──《紅樓夢‧第三回》

角關係，形成《紅樓夢》故事的一條主線，三人的微妙互
動，牽引出許多動人的情節。許多人看《紅樓夢》，就是
特別愛看這個部分，更有不少讀者為了黛玉好還是寶釵好，
爭論不休。又因為寶、黛、釵三人的悲劇結局是高鶚寫的，
還引出許多究竟這結局結得好不好的議論。

　　不過，議論到最後，大家還得回頭去看曹雪芹
在第五回安排的預言──〈紅樓夢曲〉。請聽那幾
句：「欠命的，命已還；欠淚的，淚已盡。」
仙子還淚的故事，終是人間的悲劇，
引出了讀者多少熱淚！

次日一早，便出來給了茗煙幾百錢，按著劉姥姥說的方向地名，著茗煙去先踏看明白，回來再作主意。

——《紅樓夢·第三十九回》

嘴裡含著一塊玉出生的寶玉是天生的情種，劉姥姥信口開河說了一半的雪地抽柴故事，別人聽聽就丟開了，偏偏他卻悶悶的放不開，硬是背地裡拉著劉姥姥到一邊去，要把故事聽完。劉姥姥被逼沒法，只得當場把抽柴姑娘的名字、來歷、祠堂地點等等編造、胡謅一番。

換了別人，聽到這裡大概都能滿意放手了，寶玉卻還想著要幫忙把廟重建起來，小姐的泥像也要重塑。他盤算一夜後，第二天就叫小廝茗煙真的出門去尋找那間廟，為這麼一位實際不存在的小姐忙了一夜一日。

有人說寶玉成天無事忙，看見燕子就跟燕子說話，

看見魚就跟魚說話，見了天上的星星月亮也有話說。不過，寶玉豐沛的一腔真情在實際生活裡，主要是投注於身邊的姐妹身上。他曾對人說：「女兒是水作的骨肉，男人是泥作的骨肉。我見了女兒，我便清爽；見了男子，便覺濁臭逼人。」因此寶玉看見女孩子受了委屈，比自己受委屈還傷心。他在雨裡看見女孩子淋雨了，會叫她快避雨去，卻不覺得自己被大雨淋得跟水雞似的。

　　人家覺得寶玉有點像呆子，但寶玉在年輕女孩兒身上看見的，其實是乾淨不受汙染的生命，是真純不世俗的情感。然而青春易逝，女孩兒成人出嫁後往往就變了心情變了樣，寶玉深深痛惜那不長久的青春、將會蒙塵的美，而把那份痛惜化為真誠細膩的體貼。

　　曹雪芹創造的賈寶玉，是過去的文學作品中不曾有過的人物。我們或許也會笑他呆，但他永遠能夠喚醒我們深藏的真心與柔情。

林黛玉

　　黛玉來到賈家以後，她的父親因病過世，原本病弱的黛玉成為父母雙亡的孤女，內心更添深重感傷，她原本聰慧的心靈也更加敏感，對於生活、人世和未來深懷憂慮。

　　這一天，賈母帶著劉姥姥等一群人出了探春住的秋爽齋後，坐船遊園。老太太、太太們先上一船，寶玉同姐妹們上了第二條船。

　　寶玉看見水上的荷葉殘破衰敗，就說怎麼不叫人來拔去殘荷，清理水面。聽了這話，黛玉和寶釵各有反應。寶釵實話實說，她說最近園裡的節目多啊，我們忙著玩，管事的人就不閒，一時沒想到叫底下人來收拾啊。

　　寶釵這話有錯嗎？再對也沒有了。可是黛玉有別種思路，她說唐朝李商隱那句詩多好啊，留得殘荷聽雨聲，聽聽秋雨打在殘荷上的聲音不是很好嗎？你們怎麼就不能放過殘荷？

　　黛玉這是一個善感詩人的想法，她對四季的變化最是敏感，春風吹落桃花的時候，她怕落花被人

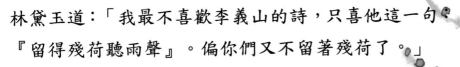

林黛玉道：「我最不喜歡李義山的詩，只喜他這一句
『留得殘荷聽雨聲』。偏你們又不留著殘荷了。」

——《紅樓夢·第四十回》

踐踏，會帶著花鋤、花帚去收拾落花，埋在花冢裡。春天快過的時
候，她會為花詠歎落淚：

　　花謝花飛花滿天，紅消香斷有誰憐？……一朝春盡紅顏老，花
落人亡兩不知。

　　聽了黛玉哀傷的葬花詞後，寶玉放聲慟哭，因為他想
到黛玉、寶釵這些姐妹將來也會有紅消香斷，飄零不見的
一天，那該如何是好？所以在大觀園內水上行船的時候，
寶玉聽了寶釵、黛玉的兩種回應後，他沒有回寶釵的話，
他只回答黛玉說以後別叫人去拔水裡的殘荷了。寶玉和黛
玉同樣有愛美善感的詩心，他們倆的心意總是相通，他們
是知心知意的知己，情分與別人不同。

　　而黛玉對於自己在人世間的未來，隱隱是有預感的。
她在離世前不久吟出的一句詩「冷月葬詩魂」，正是她淒
美一生的寫照。

黛玉忙笑道：「咱們雪下吟詩？依我說，還不如弄一捆柴火，雪下抽柴，還更有趣兒呢。」說著，寶釵等都笑了。寶玉瞅了他一眼，也不答話。

——《紅樓夢‧第三十九回》

這一回在劉姥姥講了紅衣姑娘雪地抽柴的事情以後，探春同寶玉商量是不是過些天辦場賞菊的集會，也請老太太來。寶玉的意思是不如辦場雪下吟詩聚會。林黛玉一聽，立刻逮住機會取笑寶玉。

由黛玉這幾句話，可以聽得出她可不大相信劉姥姥編的那個標緻姑娘大雪天裡出來抽柴的事兒，她又很清楚寶玉是絕對相信的，於是她迅速繞著彎兒刺了寶玉一下。

這就是黛玉，看事情總是那麼清楚，反應總是那麼機敏，那麼

不饒人。妙的是，她一刺寶玉，大家都笑了，都懂了，偏只有被刺的寶玉執迷不悟，仍然相信劉姥姥說的事情是真的。

寶玉可愛之處就在這裡，他有驚人的同情心和想像力，劉姥姥一形容雪天雪地裡紅衣姑娘的模樣，寶玉的心裡，立刻就有了那位姑娘，活生生的，一點也不假，簡直比真人還要真。

黛玉難道不了解這樣的寶玉？她其實是了解，也喜歡的，但她還是忍不住要在言語中刺激一下寶玉。

寶玉不生氣也不回嘴，因為取笑他的是最懂他的黛玉，對他握有無上特權的黛玉。他只看了黛玉一眼，又追著劉姥姥討故事去了。

黛玉和寶玉這對一塊兒長大的青梅竹馬，雖然常因黛玉多心而生風波，但兩人其實心心相印，寶玉對黛玉是十二萬分的體貼，唯恐她有一絲絲不舒服，黛玉對寶玉是完完全全的理解，從不會規勸他苦讀經書，追求功名。所以他們相處自在，風波過後反而更好更親近。這樣一對璧人，可惜收場卻是生離死別。擾擾人世，終不能容神仙眷侶的團圓美夢。

當紅樓夢的朋友

　　你聽過溫柔多情的賈寶玉嗎？你聽過多愁善感的林黛玉嗎？你知道如同仙境一般的大觀園嗎？它們都出自清朝曹雪芹創作的章回小說《紅樓夢》。

　　《紅樓夢》從神話傳說開始，以賈府為主要的舞臺，透過許許多多登場的人物，告訴你大觀園內青春少年少女的浪漫故事，告訴你賈府富麗堂皇的氣派與奢華極致的生活，還有處處隱藏的人生智慧。

　　看他們行酒令、對詩句，元宵猜燈謎，有的人博學機敏，有的人心思細膩；看他們吃穿講究，以美為標準，審視身上穿的絲綢，品茶用的茶葉與茶具，飲食使用的華麗食器，當然還有樸素或典雅的室內擺設、清幽或華貴的室外庭園……。

　　《紅樓夢》不僅要帶領你進入浪漫深刻的故事情境，還要讓你看到他們如何過生活。對於生活品味與待人接物的態度與要求，不僅為我們描繪一幅幅貴族生活畫，還反映他們不同的個性與特質，也暗示了日後或悲或喜的結局。

　　當《紅樓夢》的朋友，你會認識聰明善良的寶玉，纖細脫俗的黛玉，冷靜圓融的寶釵，當然還少不了大觀園內的獨特女子，像是能幹聰穎的探春、精於算計的熙鳳、孤高自傲的妙玉、熱情直接的湘雲、寬厚好心的平兒、口齒伶俐的晴雯。你會看到性格各異的他們，如何活出自己的故事。你會為他們鼓掌，也會為他們嘆息，更會為他們流淚。

　　當《紅樓夢》的朋友，走進這個大觀園的世界，你會看到青春生命的燦爛風景，體會人與人之間錯綜複雜的情誼。你會看到悲傷與醜惡，也會看到純真與希望。

我是大導演

看完了紅樓夢的故事之後，
現在換你當導演。
請利用紅圈裡面的主題（大觀園），
參考白圈裡的例子（例如：宴會），
發揮你的聯想力，
在剩下的三個白圈中填入相關的詞語，
並利用這些詞語畫出一幅圖。

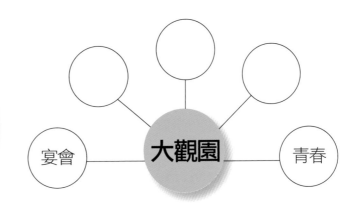

◎ 少年是人生開始的階段。因此，少年也是人生最適合閱讀經典的時候。這個時候讀經典，可為將來的人生旅程準備豐厚的資糧。因為，這個時候讀經典，可以用輕鬆的心情探索其中壯麗的天地。

◎ 【經典少年遊】，每一種書，都包括兩個部分：「繪本」和「讀本」。繪本在前，是感性的、圖像的，透過動人的故事，來描述這本經典最核心的精神。小學低年級的孩子，自己就可以閱讀。讀本在後，是理性的、文字的，透過對原典的分析與說明，讓讀者掌握這本經典最珍貴的知識。小學生可以自己閱讀，或者，也適合由家長陪讀，提供輔助說明。

◎ 【經典少年遊】，我們先出版一百種中國經典，共分八個主題系列：詩詞曲、思想與哲學、小說

001 世說新語　魏晉人物畫廊
A New Account of Tales of the World: Anecdotes in the Southern and Northern Dynasties

故事／林羽豔　原典解說／林羽豔　繪圖／吳亦之

東漢滅亡之後，魏晉南北朝便出現了。雖然局勢紛亂，但是卻形成了自由開放的風氣。《世說新語》記錄了那個時代裡，那些人物怎麼說話、如何行事。讓我們看到他們的氣度、膽識與才學，還有日常生活中的風雅與幽默。

002 搜神記　神怪故事集
In Search of the Supernatural: Records of Gods and Spirits

故事／劉美瑤　原典解說／劉美瑤　繪圖／顧珮仙

晉朝的干寶，搜集了許多有關神仙鬼怪與奇思異想的故事，成為流傳至今的《搜神記》。別小看這些篇幅短小的故事，它們有些是自古流傳的神話，有的是民間傳說，統稱為「志怪小說」，成為六朝文學的燦爛花朵。

003 唐人傳奇　浪漫的傳說故事
Tang Tales: Collections of Tang Stories

故事／康逸藍　原典解說／康逸藍　繪圖／林心雁

正直的書生柳毅相助小龍女，體驗海底龍宮的繁華，最後還一同過著逍遙自在的生活。唐人傳奇是唐朝的文言短篇小說，內容充滿奇幻浪漫與俠義豪邁。在這個世界裡，我們不僅經歷了華麗的冒險，還看到了如夢似幻的生活。

004 竇娥冤　感天動地的竇娥
The Injustice to Dou E: Snow in Midsummer

故事／王蕙瑄　原典解說／王蕙瑄　繪圖／榮馬

善良正直的竇娥，為了保護婆婆，招認自己從未犯過的罪。行刑前，她許下三個誓願：血濺白布、六月飛雪、三年大旱，期待上天還她清白。三年後，竇娥的父親回鄉判案，他能發現事情的真相嗎？竇娥的心聲，能不能被聽見？

005 水滸傳　梁山好漢
Water Margin: Men of the Marshes

故事／王宇清　故事／王宇清　繪圖／李遠聰

林沖原本是威風的禁軍教頭，他個性正直、武藝絕倫，還有個幸福美滿的家庭，無奈卻遇上了欺壓百姓的太尉高俅，不僅遭到陷害，還被流放到偏遠地區當守軍。林沖最後忍無可忍，上了梁山，成為梁山泊英雄的一員大將。

006 三國演義　風起雲湧的英雄年代
Romance of the Three Kingdoms: The Division and Unity of the World

故事／詹雯婷　原典解說／詹雯婷　繪圖／蔣智鋒

曹操要來攻打南方了！劉備與孫權該如何應戰，周瑜想出什麼妙計？大戰在即，還缺十萬支箭，孔明卻帶著二十艘船出航！羅貫中的《三國演義》，充滿精采的故事與神機妙算，記錄這個風起雲湧的英雄年代。

007 牡丹亭　杜麗娘還魂記
Peony Pavilion: Romance in the Garden

故事／黃秋芳　原典解說／黃秋芳　繪圖／林虹亨

官家大小姐杜麗娘，遊賞美麗後花園之後，受寒染病，年紀輕輕就離開人世。沒想到，她居然又活過來！這到底是怎麼一回事？明朝劇作家湯顯祖寫《牡丹亭》，透過杜麗娘死而復生的故事，展現人們追求自由的浪漫與勇氣！

008 封神演義　神仙名人榜
Investiture of the Gods: Defeating the Tyrant

故事／王洛夫　原典解說／王洛夫　繪圖／林家棟

哪吒騎著風火輪、拿著混天綾，一不小心就把蝦兵蟹將打得東倒西歪！個性衝動又血氣方剛的哪吒，要如何讓父親李靖理解他本性善良？又如何跟著輔佐周文王的姜子牙，一起經歷驚險的戰鬥，推翻昏庸的紂王，拯救百姓呢？

009 三言　古今通俗小說
Investiture of The Vernacular Short-stories Collections

故事／王蕙瑄　原典解說／王蕙瑄　繪圖／周庭萱

許宣是個老實的年輕人，在下著傾盆大雨的某一日遇見白娘子，好心借傘給她，兩人因此結為夫妻。然而，白娘子卻讓許宣捲入竊案，害得他不明不白的吃上官司。在美麗華貴的外表下，白娘子藏著什麼秘密？她是人還是妖？

010 聊齋誌異　有情的鬼狐世界
Strange Stories from a Chinese Studio: Tales of Foxes and Ghosts

故事／岑澎維　原典解說／岑澎維　繪圖／鐘昭弋

有個水鬼名叫王六郎，總是讓每天來打撈的漁翁滿載而歸。善良的王六郎會不會永遠陪著漁翁捕魚？好心會有好報嗎？蒲松齡的《聊齋誌異》收錄各式各樣的鄉野奇談，讓讀者看見那些鬼狐精怪的喜怒哀樂，原來就像人類一樣。

與故事、人物傳記、歷史、探險與地理、生活與素養、科技。每一個主題系列，都按時間順序來選擇代表性的經典書種。

◎ 每一個主題系列，我們都邀請相關的專家學者擔任編輯顧問，提供從選題到內容的建議與指導。我們希望：孩子讀完一個系列，可以掌握這個主題的完整體系。讀完八個不同主題的系列，可以不但對中國文化有多面向的認識，更可以體會跨界閱讀的樂趣，享受知識跨界激盪的樂趣。

◎ 如果說，歷史累積下來的經典形成了壯麗的山河，【經典少年遊】就是希望我們每個人都趁著年少探索四面八方，拓展眼界，體會山河之美，建構自己的知識體系。少年需要遊經典。經典需要少年遊。

經典
少年遊

youth.classicsnow.net

014
紅樓夢　大觀園的青春年華
The Story of the Stone
The Flourish and Decline of the Aristocracy

編輯顧問（姓名筆劃序）
王安憶　王汎森　江曉原　李歐梵　郝譽翔　陳平原
張隆溪　張臨生　葉嘉瑩　葛兆光　葛劍雄　鄭培凱

故事：唐香燕
原典解說：唐香燕
繪圖：麥震東
人時事地：謝琬婷

編輯：鄧芳喬　張瑜珊　張瓊文
美術設計：張士勇
美術編輯：顏一立
校對：陳佩伶

企畫：網路與書股份有限公司
出版者：大塊文化出版股份有限公司
台北市10550南京東路四段25號11樓
www.locuspublishing.com
讀者服務專線：0800-006689
TEL：+886-2-87123898
FAX：+886-2-87123897
郵撥帳號：18955675
戶名：大塊文化出版股份有限公司
法律顧問：全理法律事務所董安丹律師

總經銷：大和書報圖書股份有限公司
地址：新北市新莊區五工五路2號
TEL：+886-2-8990-2588
FAX：+886-2-2290-1658
製版：沈氏藝術印刷股份有限公司

初版一刷：2014年5月
定價：新台幣299元